웃지 마,
난 울고 싶어

웃지 마, 난 울고 싶어

2024년 11월 30일 초판 1쇄 발행
동시 정두리 그림 이윤정 편집 우현옥 디자인 김헌기
펴낸이 우현옥 펴낸곳 감꽃별 등록 번호 제 562-2023-000164호
주소 경기도 용인시 처인구 모현읍 오산로 223-2
대표전화 031-526-6979
홈페이지 www.gamflowerstar.com
전자우편 sorry-9@hanmail.net
ISBN 979-11-989834-0-4 73810

· 이 책은 용인특례시. 용인문화재단 의 2024년도 문화예술공모지원사업을 지원받아 발간·제작되었습니다.

웃지 마,
난 울고 싶어

정두리 동시집 이윤정 그림

감꽃별

차례

함께 웃어요

참, 길게 더웠던 여름을 보냈습니다.

날씨뿐만 아니라 지나온 것을 뒤돌아볼 때는

스스로 '대견함'을 어깨에 얹어 주고 싶어집니다.

시집을 묶으면서 많은 생각을 합니다.

우리 어린이들이,

혼자 겪고 있는 어려움이 많다는 것을 알고 있거든요.

'잘 이겨 냈다,' '참 잘했다', '대견하구나'라는 칭찬은

누구에게나 큰 힘을 주게 되지요.

그런 칭찬은 어른인 나도 듣기 좋아합니다.

늘 아픈 주경이, 엄마와 헤어져 살게 된 민우,

은진이는 자꾸 뒤쳐지는 공부 때문에,

내키지 않아도 운동을 해야 하는 승주,

내가 모르는 또 다른 걱정 속에 있는 어린 친구들에게

'힘내라'는 응원을 보냅니다.

우리 함께 큰 소리로 웃는 날이 많았으면 합니다.

입꼬리가 올라가는 웃음은

세상에서 제일 보기 좋은 얼굴로 만들어 주지요.

문밖 가까이 와 있을지도 모르는

'웃는 날'에게 손가락 하트로 인사해요.

《웃지 마, 난 울고 싶어》는

어린이 여러분을 위해 만들었습니다.

산을 좋아하는

글쓴이 정두리

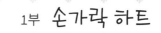

1부 **손가락 하트**

대충 해라

아침마다
욕실에서 오래 있는다고
오늘도 야단 맞았다

'대충 하고 빨리 나와라
 학교 늦는다'

거울에 비친
내 얼굴이
마음에 안 든다

앞머리를 내려 빗고
립밤 살짝 바르고
그래도 별로다

'아고, 사춘기가 분명해'
엄마의 혼잣말에

'공부는 대충 하면 안 된다'면서
나도 엄마처럼 혼잣말 한다.

줄임말

말을 줄인다
막무가내 줄임말이
유행처럼 번진다

숫제
한글＋알파벳을 섞고
기호도 넣는다

줄이고
그렇게 줄여서
남은 시간에
뭘 하려고?

터무니없는 말,
설명이 없으면
말 안 되는 말도 넘친다

그래 놓고
그 뜻을 풀어 놓고 웃는다
그런 말은
웃자고 하는 말로
내쳐질 뿐인데-

껍질의 힘

양파 껍질은
종이보다 얇지만
겹겹의 양파 속을 채워 감싼다

귤을 키워
노랗게 익혀 낸 다음
껍질은
어디로 가나?

홀랑 속을 꺼내고 나면
바나나 껍질은
천덕꾸러기가 된다

니들을 키운 건
바로 나야,
잊었나 본데
이건 아니지?

손가락 하트

엄지와 검지로 만든
손가락 하트

손가락 하트가
말 대신 여기저기
뿅뿅 떠 다닌다

어색해서
제대로 따라 하지 못하다가
두 손 머리 위로 올려
커다랗게 만든

우리 할머니의
하트도 그중의 하나

언제부터일까,
사랑해, 사랑해요
손가락이 수어처럼
말을 대신하게 되었을까?

애물단지

우리 강아지
베일리
돗자리 위에
응가를 쌌다

'아이구, 이 애물단지'

엄마도 나도
함께 늦잠 잔 바쁜 아침
내 머리 묶어 주면서

'아유, 이 애물단지'

나는 알아듣는다
우리 엄마의 애물단지는
그냥 좋다, 말하긴 아까울 때

손바닥 크기만큼
접어놓고 쓰는 말이라는 것.

웃음소리

초등학교 입학식
사진의 할아버지는
젊고 멋있다

사람들이 사진 보고
큰 아빠냐고 물어보면
농담인 줄 알면서도
'허허허'
기분 좋은 웃음 웃으신다

'중현아!'
내 이름을 부르면
울컥 눈물이 난다
할아버지는 지금 많이 아프다

나를 가만히 안아 준다
할아버지 팔이 가늘고
힘이 없는 게 느껴진다

어떤 말을 해야
할아버지가 웃을 수 있을까?
맥주 한잔 하시고 웃던
그 웃음소리 정말 듣고 싶다.

이름값

백일 동안 꽃이 피는 나무라고
붙여진 이름
백일홍 나무

붉은색, 더러는 하얀색 꽃이
한참 동안 피어 있는 백일홍

천 일이 안 되어 다행이야
힘을 모아 백날을 채워야 하는 임무
이름값 하기가 쉽지는 않아

숫자로 불리는 이름은
그만큼의 약속을
지켜야 하니까.

잔소리

'치약 가운데 눌러 쓰지 마라'
'수돗물 틀어 놓고 이 닦지 마라'
엄마, 외할머니댁에 간 날
세수하면서 엄마 생각났다

'TV 앞에 앉아 밥 먹지 마'
'또 오이를 빼놓았네'
'언니, 엄마가 하는 말 고대로야'

어쩌나, 엄마의 잔소리가
물림으로 내게로 왔네

사실
'틀린 말은 아니잖아'.

주일학교

그 학교에서는
한 가지를 제대로 익혀야 된다

빨간 날 가는 학교에서는
누군가의 마음에 이르는
선한 길을 배워 가는 것이다.

맞구나

호랑나비,
네가 톺아보고
마음에 드는 꽃에게 가서
우리 친구 하자고 한 거 아니었니?

맞구나,
꿀샘을 감추고 있던 버베나 꽃

어울려 니들!
꽃샘이 꿀샘인 거
빨리 알아낸 호랑나비

은근 들키고 싶은 속마음
버베나 꽃.

세상에서 쉬운 것

수학여행 다녀온 형아
아침에 보니까
입술이 짓물었다

'노는 것도 힘들었나 보네'
엄마의 말

'세상에 쉬운 일은 없어!'
아빠 말

'집 나가면 고생이야'
누나의 한 마디

'힘들었어도 재밌었지?'
이건 궁금한 나의 말

세상에서 쉬운 것은
뭐가 있을까?

콩 심은 데 콩 나고

곱슬머리에
옥니박이 고집쟁이

춤출 줄 모르는 몸치에다
길눈 어둔 길치

또 또 더 있지만
이쯤 그만하고

나이 들수록
아빠 닮아간다고
옥니 교정하자고
엄마가 흉보듯 말한다

내게 하는 말
'콩 심은 데 콩 나고'
그 말은 칭찬일까,
흉일까?

아빠의 발

우리 아빠는
일요일엔 쉬지 못하고
달력의 빨간 날과 다르게
목요일이 휴일이다

아침에,
안방 문 살짝 밀고
이불 밖으로 나온
두툼한 아빠 한쪽 발을 보았다

목요일 늦잠 자는
아빠의 휴일
우리 식구 모두의
휴일을 모아

우리 아빠에게
선물하고 싶다.

2부 졸음

콩깍지

콩을 털어 내고
남은 껍질이
내 눈을 덮었단다

날 더러
콩깍지가 씌었대

그 눈으로
제대로 보긴
틀렸다는 것이지

아니다,
그 콩깍지는
무조건이라는 시력을
내게 주었다

첫눈에 좋아진
너만 바라보도록.

우선순위

자, 자
잠깐!
순간 움직임 정지

스마트폰이 먼저
식탁 위 음식을 훑어본 뒤
찰깍!

식구들은 아무 말 없이
스마트폰 우선
우린 다음 차례로

젓가락이나
숟가락을 들고 다가간다

불평은 안 한다
그러려니 한다.

다음 정류장은~

버스를 타고 가다가 듣는
안내 방송에서
'다음 정류장은 화양초등학교입니다'

그 학교,
40년 만에 학생 수가 줄고 줄어
결국 문을 닫았다
한때 학생 수가 많아 이웃 학교로
나누기도 했다는데

'실력과 인성을 갖춘 창의적인 화양어린이'
학교 벽에 남아 있는 힘없는 글귀
운동장은 주차장이 되었다

버스를 타고 출발한 후
다음 정거장
재빠르게 이름이 바뀌었다

'다음 정거장은 한아름공원입니다'

우리 것이 좋은 것일까?

사람들이 침을 삼키며
묻는다
'야, 이거 한우지?'
'어쩐지 달라, 맛있어'

관광지에 몰려가서
핸폰 들고 한 마디
'와, 여긴 외국 같네!'
'그렇지? 정말 멋있어'

눈 맞춤

잠깐 스치듯
너랑 눈이 마주쳤지만
찌릿 정전기 타듯
내게 닿는 기운

짧은 순간
그 기분이
이렇게 오래
내게 남아 있구나.

졸음

걔는 부끄러움을 몰라
낯가림도 하지 않아
살짝 날 찾아와선
고개 푹 숙이거나
모르는 사람 어깨에 기대거나
어쩌나, 침까지 흘리도록 하다니

나를 한동안 꼼짝 못하게 해 놓고
그런 다음 흔적 없이
다른 사람에게 옮겨 간다
어쩌지 못하게 만드는 건
비슷하다
걔는 누굴까?

토란잎

추석 때쯤
토란국이 맛있다는 거 알지?

줄기에 고집이 드러나지만
반질반질 윤기 나는 토란잎은
알줄기를 여름부터 단단히 키우는 중이다

안 간 곳 없이 기웃거리는 벌레가
감히 넘보지 못하게
아예 틈을 주지 않았지

그동안 수도 없는 빗방울을 구슬로 만든
커다란 토란잎
이제 우산 노릇도 기꺼이 한다.

피어라, 꽃다지

혼자서는 뻘쭘해서 그랬구나
둥글게 둥글게 모여
동글동글 자라는 꽃다지

널 보려면
키 작은 나는
더 낮추어 작아져야 해

이른 봄,
노오란 꽃잎 넉 장
네가 피어야
노오랗게 봄이 다가올 거거든

피어라

꽃다지

숨지 말고 기운 차려

화알짝!

비료

아무리 흙이 좋대도
그 속에 들어가
어울리지 못하면
헛일이야

섞이고 버물리고
그런 다음
흙 속에 갇혀
거름으로 이름을 바꿔라.

여뀌

아직도 한낮은 땀이 난다
개울가에 핀 여뀌꽃
이마가 땀으로 촉촉하다

여뀌가 풀이지 꽃이냐는
말을 듣고
떼를 이루어
팥알 같은 붉은 꽃이 힘을 모았다

보았지?
우리도 함께 어울리면
꽃밭이 된다는 거

'우와, 예쁘다'는 칭찬을
듣기도 한다는 거.

해바라기

종일 해를 바라보는
해바라기에게
햇님은 벌써
몇 번이나 햇살로
어루만져 주었다

해바라기는 그것으로
성에 차지 않아선지
지는 해를 향해
고개를 외로 꼬고

꽃은 목이 아플 거야
그건 해님도 마찬가지
해바라기를
쓰다듬어 줘야 하는
팔이 아프다.

호박꽃

호박꽃을 등불로 걸었다
개미도 지렁이도 땅강아지도
제 갈 길 가고
집 찾아간다

호박은 호박꽃을 등에 업고
마음 놓고 몸을 키운다

펑퍼짐한 늙은 호박 두 개
밭고랑에 앉혀 놓고
이제 할 일 끝냈다고

호박꽃은
이제 꽃이 아닌 듯
뒤도 안 돌아보고
떨어지고 만다.

3부 웃지 마, 난 울고 싶어

박사님

종이접기 잘하는 내 동생
종이접기 박사

기운 없는 화분의 꽃
살려 내는 할머니
식물 박사

반찬 솜씨 좋다고
은근 소문난 엄마
요리 박사

아빠 무슨 박사?
그럼 나는?

그냥,
우린 노(no) 박사
박사를 기다리고 있지

무엇이든
열심히 재밌게 그런 다음
얻게 되는 이름
박사가 되려고.

아무거나

미운 대답
성의 없는 선택

그게 뭐람
아무거나, 라니

그런 건 없어

이것도 저것도 아닌
그 말로는
불평도 할 수 없는
자신 없는 말

아무거나,

그런 건

옳은 결정이 아닌 거야.

검정 비닐봉지

그 속에 뭐가 들었을까?
불룩한 검정 비닐봉지를 들고
할머니 오셨다

고등어? 어째 냄새가 나
콩나물? 느낌이 그래
아니면 꽈배기? 내가 좋아해

상표 없이 그냥 담겨 온
그 물건들은 모두 동네 시장표

'무 깔고 고등어 맛있게 졸여라'
할머니 말씀

검정 비닐봉지
업신여기면 안 된다
할머니 눈썰미에 뽑힌 먹거리
믿을 만하니까.

박물관 앞 정원 이야기

고려 시대,
정종 11년에 세웠다는
5층 석탑
통일신라 때의
3층 석탑

비 맞고 바람이 스쳐 가고
땡볕 아래서도
견디어 아직도 늠름하다

박물관
유리 상자 속
달항아리는
정원의 돌탑들이 걱정되어

살금살금
정원이 보이는 곳까지 나와
어둔 밖을 내다본다는 거

마당의 배롱나무는
이미 오래전부터
알고 있었다.

뻥튀기

바사삭
한 입 베어 물면
가볍게 입속으로 스며든다

뻥튀기,
고소한 맛 쉬운 간식
과자라고 부르기 뭣하다 싶지만
좋아하는 사람도 꽤 있어

쌀알 손마디만큼으로도
둥글넙적 큼직하게
튀겨져 나오니 넉넉해서 좋아

근데,
얄볼 때 네 이름
크게 던져진다

'뻥튀기하지 마'
허풍쟁이와 같은 말이고
거짓말의 다른 말이기도 해

얘 얘, 그러지 마
뻥튀긴 잘못 없어
그리 부르지 말아 줘.

뚫린다

못은
벽으로 깊숙이

새싹은
흙 속에서 땅 위로

구멍은
앞에서 뒤로

내 마음은
흔들림으로
네게 뚫린다.

반성

오래된 말 안 듣는 청개구리 이야기 있었지?
뭐든 거꾸로만 하려 들던 말썽쟁이
엄마 돌아가시고 유언대로
마지막엔 제대로 해 보려고 한 일이
것도 거꾸로였음 좋았을걸
에휴, 딱하다 청개구리 울음소리
그러게 반성도 때를 놓치면 안 되는
일이라는 걸
아무래도 옛날이야기 아닌
오늘 내가 들어야 할 이야기 같아.

냄새

아아, 커피 냄새
엄마가 두리번거린다

구수한 빵이 구워지는 냄새
내 콧구멍이 절로 벌름댄다

냄새는
피융 머릿속으로 먼저 들어가
콧속으로 내려온다

그 길이와 속도는
잴 수가 없다

사람마다
모두 다른 것이라서.

연둣빛 커튼

연두색 크레파스가
스케치북을 채우고

큰길 가로수
새잎으로 옮겨 가

바람에 팔랑이는
연둣빛 커튼이 되었다

하늘은
커다란 유리창이 되어 주고.

웃지 마, 난 울고 싶어

축구시합 중
있는 힘 다해 뛰었다
힘을 받은 건
내 바지

두두둑 소리를 내며
엉덩이 이음줄이 터졌다

그 틈을 비집고
비죽 보이는 속옷

어쩌나, 못살아
나 말고 다른 애들은
재밌어 난리지만

난,
아무 생각도 안 나
주저앉아 울고만 싶어.

비 오는 날

'얼릉 와
이모랑 통화하자'

전화기 속에는
미국 이모가 웃고 있다

'혜승아 많이 컸네
 예뻐졌어'

이모 말에
여태 심통 부린 얼굴 들킬까 봐
예쁘게 웃으며 말한다
'이모 보고 싶어요'

손바닥만큼 한 전화기론
뭔가 아쉽다

이모 얼굴 뒤
유리창에
빗물 흐르는 게 보인다.

미역귀

바닷속 떠도는 얘기는
미역귀에 죄 걸린다

어떤 얘기는
듣기 싫어 한쪽으로 흘리고

어쩜, 더 듣고 싶은 얘기도
귓바퀴에서 미끄러진다

그래서 또록또록해진 귀
바다 꽃이라고 불러도 될 거야

봐 봐, 뭍에 나가서도
미역귀는 기죽지 않고
그대로 꼿꼿하다니까.

4부 혼자 읽는 일기

혼자 읽는 일기 1 -으스대고 싶다

중학생 되고부터
언니는 달라졌다
나를 얕본다

'옷 뒤집어 입었잖아'
말하는 목소리가
무시하는 것 같다

입꼬리를 올리고
두 눈을 깜박깜박
거울도 자주 본다

언니 담임했던 선생님이
'니가 주은이 동생이구나'
공부 잘하는 언니 때문에
은근 기가 죽는다

그런데
나는 언니가 물려준 옷
안 입는다

이거 자랑하고픈데
말하면 엄마에게 혼나는 거라
혼자 으스댄다

나는 언니보다
키가 조금 더 크다.

혼자 읽는 일기 2 -이제 하는 말

아인아,
네가 아파서 입원했다는 소식에
병원으로 달려가고 싶었어

핼쑥한 얼굴로
학교 왔을 때
손잡고 위로해 주려고 했어

나보다 네 성적이 좋을 때도
크게 기분 나쁘지 않았지

야구모자 뒤로
말총머리 빼낸
그 모습 어울린다고

이제 모두 말할게
널 좋아하는 내 마음을
이제 꽉 잡고
놓치지 않는다고.

혼자 읽는 일기 3 -엄마의 꿈

위인전을 읽으면
그 위인의 엄마는
아기를 갖고
모두 큰 꿈을 꾸었더라

돌아보면
그 꿈 때문에 위인이 되었다고
생각하게 돼

우리 엄마는 어떤 꿈을 꾸었을까?
'복숭아를 많이 먹었던가, 몰라 기억이 안
나네'

엄마의 꿈 때문일까,
나는 먹는 걸 되게 좋아한다
위인이 되기엔 멀었다
요리사가 되고 싶다

그래도
그런 내가 좋다

엄마가 큰 꿈을 안 꾸기 잘했다.

혼자 읽는 일기 4 -미안해, 비닐우산

비가 그치면
널 금세 잊게 되지
허술하게 여겨서가 아니야
손에서 놓기 잘하는
내 기억 탓이야

톡톡 동글동글 빗방울이 맺혔다가
구슬같이 굴러내리는
예쁜 빗방울을 볼 수 있는 우산은
너 밖에 없어

그런 널 두고 오다니
미안해

비가 오는 날
너부터 찾을게
톡톡 비의 노랫소리
너랑 함께 듣고 싶어.

혼자 읽는 일기 5 -비빔밥

엄마가 다 만들어 놓은 나물을
밥 위에 예쁘게 구별해 놓고
내가 한 건 계란프라이
동그란 달처럼 밥 위에 올린 거

그래도 어디야,
내가 비빔밥 만들었다고
아빠한테 자랑했다

'그래, 잘했어'
'잘 비벼 맛있게 먹는 것도 중요하지'
젓가락으로 스윽슥
아빠가 밥을 비빈다

정말 알 수 없어,
이렇게 죄 섞이게 뒤죽박죽 먹을 거면서
왜 이쁘게 담으려고
애를 썼나 몰라.

혼자 읽는 일기 6 -티눈

검지 발가락이 제일 길다
아빠 닮았다

콩알만 한 굳은살
티눈이 생겼다
이제 보니 티눈도 자라고 있었다

뜯지 마,
피난다
엄마의 말에도
자꾸 손이 간다

발에 달린 초인종 같은
티눈

누르면 은근히 아프다

운동화 부딪치는 곳에다
내 발은
아프다는 표시로
티눈 하나 키웠구나.

혼자 읽는 일기 7 -근우네 떡집

은행이 있던 자리에
떡집, 커피집, 부동산이
새로 자리를 잡았다

'근우 떡집'
할머니 등에 업히거나
유모차에 앉아 노는 아기가 근우

근우 이름 간판에다 걸고
아빠 엄마는 떡을 만든다

내 생일
떡 케이크 주문해 준 엄마가

'근우 아빠 있잖아
꼭 내 동생 닮았어' 한다
남미에 살고 있어
자주 못 보는 외삼촌 보듯

엄마는 근우네 떡집에 간다
친구들한테 떡 맛있다고
소문도 내고 있다.

혼자 읽는 일기 8 -초고추장

할머니가 만들어 주는
비빔 칼국수

오이, 깻잎
내가 좋아하는 삶은 계란 반 개
매콤하고 달큰한 맛이 섞이게
사알살 비빈다

쳐다만 보는데도
입속의
맛봉오리*가 모두 일어서서
손짓을 한다

'맛있어' '어서 먹어'

와, 침이 가득 고인다

초고추장이
침 우물 하나
입속에 만들어 놓았다.

•맛봉오리 : '미뢰'라고도 하며 입안, 주로 혀에 분포하여 맛을
느낄 수 있게 한다.

혼자 읽는 일기 9 -잠꼬대

길거리 음식 먹느라고
뽕뽕 게임 하느라고

용돈 아낄 줄도
나눠서 쓸 줄도 모르고

'너 이젠 국물도 없어!'

아유 엄마,
큰 소리로 나무라지 마시고요

친구들이랑 노느라고
떡볶이 먹고 싶어 그랬구나
아무래도 용돈이 부족하지,
그렇게 말해 주심 안 돼요?

'너, 지금 잠꼬대 하고 있구나'

혼자 읽는 일기 10 - 킥보드 타고 싶다

나도 전동 킥보드
타고 싶다

미끄럼 타듯 요리조리
길을 빠져나가는
헬멧 쓰고
키가 커진 형
보기만 해도 설레인다

면허 따고
킥보드 탈 때는
첫 자가용이다, 싶단다

어린이용 말고
전동 킥보드 탈 수 있게
나이 먹고 싶다

나이 먹어서 좋은 일만 있겠니?
그 다음 거는
아직 생각 안 하고 있다.

밥심

이제
밥은 전기밥솥이 한다

둥그렇고 묵직한 뱃속에
쌀을 품고
포슬포슬
식구들이 먹을 밥을 짓는다

밥을 먹고
힘을 얻어
먼 길을 한달음에
달릴 수 있게

치익치칙

밥솥이 힘을 얻는 소리

우리 앞에 놓일

한 그릇 밥심.

탕탕이

갯벌에서 잡아 온
세발낙지

도마에 놓고
탕탕탕 칼로 두드린다

낙지는 토막 난 채로
꿈틀거린다

어쩌나, 못 보겠다

상에 올라온 낙지
이름은 '탕탕이'
별미란다

먹방 보다가
채널 돌리지 않고
끝까지 보았다.

배달음식

부르릉, 오토바이 소리
얼른 현관 쪽을
내려다본다

우리 아파트 주민들
밥 먹는 시간
얼추 비슷하다

다른 집에서 시킨 거
먼저 도착했나 보다

엄마 짬뽕 불을라
내 간짜장 굳을라
배가 고파진다

기다림을
한 접시 반찬으로
놓아야겠다
그럼 더 맛있을 거야

배달음식은
기다린 만큼 더디게 온다.